KB035874

책이 제일 좋아!

SEOUL, 2015

아뉵과 솔랑에게
앙드레, 시몬과 이사벨과 유쾌한 비평에게
클레르와 클레르가 써 준 아기자기한 글에게
나탈리와 나탈리의 전염성 있는 엄청난 열정에게

책이 제일 좋아!

초판 제1쇄 발행일 2015년 1월 10일
초판 제17쇄 발행일 2022년 3월 20일
글 클레르 그라시아스 그림 실비 세르프리 옮김 이정주
발행인 박헌용, 윤호권 발행처 (주)시공사
주소 서울시 성동구 상원1길 22, 6-8층 (우편번호 04779)
대표전화 02-3486-6877 팩스(주문) 02-585-1247
홈페이지 www.sigongsa.com/www.sigongjunior.com

Arrête de lire!
by Claire Gratias and Sylvie Serprix
Copyright ⓒ Éditions Belin, 2012
Korean translations copyright ⓒ Sigongsa Co., LTD., 2015
All rights reserved.
This edition published by arrangement with Sigongsa through Shinwon Agency.

이 책의 한국어판 저작권은 신원 에이전시를 통해
저작권자와 독점 계약한 (주)시공사에 있습니다. 저작권법에 의해
한국 내에서 보호받는 저작물이므로 무단 전재와 무단 복제를 금합니다.

ISBN 978-89-527-8703-3 74860
ISBN 978-89-527-5579-7 (세트)

*시공사는 시공간을 넘는 무한한 콘텐츠 세상을 만듭니다.
*시공사는 더 나은 내일을 함께 만들 여러분의 소중한 의견을 기다립니다.
*잘못 만들어진 책은 구입하신 곳에서 바꾸어 드립니다.

KC마크는 이 제품이 공통안전기준에 적합하였음을 의미합니다.
제조국 : 대한민국 사용 연령 : 8세 이상
책장에 손이 베이지 않게, 모서리에 다치지 않게 주의하세요.

책이 제일 좋아!

클레르 그라시아스 글 | 실비 세르프리 그림

이정주 옮김

시공주니어

"넌 나중에 뭐가 되고 싶니?"

오라시오는 이런 질문을 받을 때마다 이렇게
대답했어요.

"전 '도서관의 쥐*'가 될 거예요."

오라시오의 엄마는 어이가 없어서 하늘을
쳐다보았어요. 사실 오라시오가 딸이길 바랐어요.
'오페라의 쥐**'를 시키고 싶었거든요. 하지만
뜻대로 되지 않았어요. 오라시오의 아빠도 얼굴을
찌푸리며 한숨을 내쉬었어요.

옮긴이 주 --
*책을 좋아해서 도서관에 자주 드나드는 사람을 가리키는 말이다.
**파리 오페라 발레 학교의 어린 학생들을 가리키는 말. 토슈즈에서 나는 '찍찍' 소리가
쥐 울음소리 같아서 이렇게 부른다고 한다.

"저러다 말겠지."

오라시오는 이해가 되지 않았어요.

"그래도 시궁창의 쥐나 실험실의 쥐보다는 낫잖아요!"

오라시오는 어깨를 으쓱이며 대답하고는 곧장 책을 읽으러 갔어요.

오라시오는 세상에서 책이 제일 좋아요.

늘, 어디에서나 책을 읽었지요. 아침을 먹으면서, 양치질을 하면서, 길을 걸으면서요. 방바닥에 엎드려서, 욕조에 몸을 푹 담그고서, 화장실에서, 엘리베이터에서, 서서, 앉아서, 누워서, 심지어

자전거를 타면서도요! 밤에 적어도 한 시간은 책을
읽지 않으면 잠도 자지 않았어요. 아침에는 눈을
뜨자마자 침대 머리맡에 손을 뻗어 책을 집었고요.
   학교에서는 선생님 몰래 무릎에 책을 올려놓고
읽었지요. 쉬는 시간에는 운동장 구석에 틀어박혀서
책을 읽었어요. 이따금 책에

흠뻑 빠져서 수업 종소리를 듣지 못했지요. 그래서
부모님의 걱정이 이만저만이 아니었어요.

"병인가 봐요!"

아빠가 속상해했어요.

"맞아요! 그런 전염병이 있다고 들었어요!"

엄마가 맞장구쳤어요.

그러다 어느 날부터 엄마 아빠는 한목소리로
외치기 시작했어요.

"그만 좀 읽어!"

"왜요?"

오라시오는 깜짝 놀라 물었어요.

"그, 그러다 눈 나빠져!
지독한 근시가 된다고!"

엄마는 대답을 얼버무렸어요.

"귀도 멀 거야!"

아빠는 한술 더 떴어요.

하지만 오라시오는 책을
읽으면 눈도 멀고, 귀도 먼다는
말을 곧이 믿으려 하지 않았어요.
책에 빠져들면 온갖 풍경, 사람, 동식물,
장소, 물건과 색을 볼 수 있거든요. 소리, 음악,
목소리도 한없이 들을 수 있고요. 무엇보다 책장을
넘기면 심장이 둥둥 세차게 뛰어요!
    그런데 이제부터는 매일같이 엄마 아빠의
무시무시한 명령을 듣게 되었어요.
    "그만 좀 읽어! 그만!"
    "밖에 나가서 바람 좀 쐬라, 날씨가 얼마나
좋니! 그렇게 책만 읽으면 머리가 터져 버린다!"
    엄마가 혼냈어요.
    "애야, 엄마가 장 봐 오셨잖니. 물건 정리하는 걸
도와 드려야지! 왜 이렇게 게으르고, 너밖에 모르니?
가서 잔디도 깎고, 차도 닦아라. 그래야 쓸모 있는

쥐가 되지!"

아빠가 꾸짖었어요.

더 끔찍한 일은 학기 말에
일어났어요. 담임 선생님이

오라시오의 성적표에 얌전한 학생이지만
딴생각을 너무 많이 한다고 적었거든요.

아빠는 불같이 화내며 꽥 소리를 질렀어요.

"더는 못 참겠어!"

아빠는 펄펄 뛰며 오라시오의 방에 들어가 책이란
책은 모조리 빼앗았어요. 거칠게 짐 가방에 던져
넣고는 자물쇠로 꽁꽁 잠가서 지하실에 내려 놓았지요.

"하지만 아빠……."

오라시오가 아빠에게 매달렸지만, 소용없었어요.

"'하지만' 소리는 그만해! 어서 올라가지 못해!"

아빠가 무섭게 말했어요.

"엄마……."

오라시오는 울먹이며 엄마에게 도움을 청했어요.
"아빠 말씀이 맞아. 넌 이제 말썽 피울 나이가
아니잖니."
엄마도 나무랐어요. 그러고는 모든 말씨름을
끝내려고 텔레비전을 켰어요.

그날 이후, 오라시오는 심심하고 답답해 죽을
지경이었어요. 밖은 온통 회색이었지요. 짙은 구름,
연기, 콘크리트. 구부정한 등에, 깃을 한껏 세운 채
바삐 걷는 쥐들밖에 보이지 않았어요. 쥐들의 미소는
비에 씻겨 길가 하수구로 흘러가 버렸어요. 쥐들은

세상의 아름다움을 모른 채 생기 없는 눈빛으로
길을 걸었어요. 오라시오는 슬펐어요. 아니, 엄청
두려웠어요. 언젠가 저런 어른이 될까 봐요.

어느 오후, 오라시오에게 좋은 수가 떠올랐어요.
도서관이 있잖아요! 사잇문을 통해 도서관 안으로
들어갈 방법이 있을 거예요.

오라시오는 종종거리며 도서관 모퉁이를 돌다가
볼이 통통하고 덩치가 큰 쥐와 맞닥뜨렸어요.
그 쥐는 등 뒤로 뭔가를 재빨리 숨기며
난처해하더니, 이내 성난 표정으로 소리쳤어요.

"비켜! 쪼끄만 게!"

오라시오는 덩치 큰 쥐가
숨긴 게 무엇인지
알아챘어요.

"책을 훔쳤어?"

오라시오는 씩 웃으며 말했어요.

"너, 신고하면 내가 가만두지 않을 거야!"

덩치 큰 쥐가 으름장을 놓았어요.

"좋은 생각이다! 나도 책을 아주 좋아하거든!"

오라시오는 전혀 겁먹지 않았어요.

"이 책은 내가 먼저 잡았어!"

덩치 큰 쥐가 외쳤어요.

그러고는 책을 샌드위치처럼 덥석
베어 물고 쩝쩝 씹었어요!

오라시오의 눈이 휘둥그레졌어요.

"너도 좀 먹을래?"

덩치 큰 쥐는 책장을 한 움큼 뜯어서
오라시오에게 쑥 내밀었어요.

오라시오는 겁에 질려 걸음아 날 살려라 하고
도망쳤어요.

길을 따라 한참을 뛰던 오라시오는 우뚝 멈춰
서서 바람에 뿔뿔이 흩날리는 신문을 멍하니

쳐다보았어요. 신문 몇 장이 짓궂은 새처럼
오라시오의 머리 위에서 뱅글뱅글 맴돌았어요.
오라시오는 폴짝 뛰어서 신문 한 장을 잡았어요.
참 오랜만에 뭔가를 읽어요!
　광고가 눈에 들어왔어요.
　그것은 오라시오의 삶을 바꿔 놓을 광고였어요.

몇 주가 흘렀어요. 그동안 오라시오는 아주 비밀리에 준비를 했어요. 부모님은 오라시오가 더는 책을 읽지 않는다고 좋아했지만, 모르는 사실이 있었어요. 오라시오는 책을 읽지 않는 대신 글을 썼거든요. 오라시오는 밤낮으로 지금껏 읽은 책의 독서 감상문을 공책에 빽빽이 적었어요. 다 적는 데 3주가 걸렸어요. 책의 내용을 하나도 잊지 않았다는 걸 확인하고 싶었어요!

그날이 되자, 오라시오는 식탁에 쪽지를 남기고 집을 나섰어요.

사랑하는 부모님께,

오늘 저녁은 엄마 아빠 두 분이 드세요. 무슨 일이 있는 건 아니니까 걱정 마시고요.

전 오늘 저녁에는 집에 없을 거예요. 절 보시려면 8시 50분에 텔레비전을 켜서 1번 채널을 보세요.

엄마 아빠의 든든한 아들,

오라시오 올림

쪽지를 본 엄마는 자기 눈을 의심했어요. 엄마가
쪽지를 읽어 주자 아빠는 자기 귀를 의심했어요.
"이게 무슨 소리야!"
아빠가 노발대발했어요.
"얘 때문에 속상해 죽겠네!"
엄마가 신음했어요.
그렇지만 엄마 아빠는 8시 50분 정각에 소파에
앉아 텔레비전을 켰어요. 무릎을 붙들고, 입을
앙다물었지요.

"시청자 여러분, 안녕하십니까? 생쥐 퀴즈 쇼입니다. 오늘은 특별히 문학 퀴즈 시간을 마련했습니다."

진행자는 환한 미소를 띠며 말했어요.

"뛰어난 실력으로 예선을 통과한 다섯 명의 어린 참가자 중 누가 이 밤의 스타가 될까요? 신사 숙녀 여러분, 참가자들을 소개합니다. 라파엘, 클라라, 라울, 사라와 오라시오. 큰 박수로 맞아 주세요!"

참가자들이 한 줄로 무대에 오르자, 방청객들이 박수를 쳤어요.

잔뜩 긴장해 있던 오라시오의 엄마가 찍 하고
비명을 질렀어요. 오라시오의 아빠는 눈이 튀어나올
듯이 놀라며 소리쳤어요.

"아니, 쟤가 어쩌자고 저런 데를 나간 거야!
아이고, 창피해!"

"쉬이이잇! 시작해요……."

엄마가 아빠를 진정시키며 찍찍거렸어요.

"1단계 문제입니다! 1단계 문제는 쉽기 때문에
버튼을 아주 빨리 눌러야 합니다."

진행자가 말했어요.

카메라는 다섯 참가자의 얼굴을 차례대로 크게
비추었어요.

오라시오는 매우 집중하는 것처럼 보였지만, 사실
속으로는 엄청 떨고 있었어요.

"〈도시 쥐와 시골 쥐〉는 누가 썼을까요?"

다섯 명의 어린 참가자는 거의 동시에 자기 앞에

놓인 버튼을 눌렀어요.

　엄마가 아빠를 쳐다보았어요.

　"몰리에르?"

　엄마가 자신 없이 말했어요.

　"쉬이이잇!"

　"신사 숙녀 여러분, 가장 빨리 버튼을 누른 참가자의 답을 들어 보시겠습니다……."

　오라시오의 얼굴이 크게 나타났어요.

　"라퐁텐."

　오라시오가 침착하게 대답했어요.

　"정답!"

　진행자가 외쳤어요.

방청객들이 박수를 쳤어요. 그와 동시에 현관문
초인종이 울렸어요. 아빠가 문을 열러 나갔어요.
문 앞에는 이웃들이 몰려와 있었어요.
　"오라시오를 응원하러 왔어요!"
　모두 들떠서 외쳤어요.
　이웃들은 곧장 거실로 들어가 텔레비전 앞에
옹기종기 모여 앉았어요.

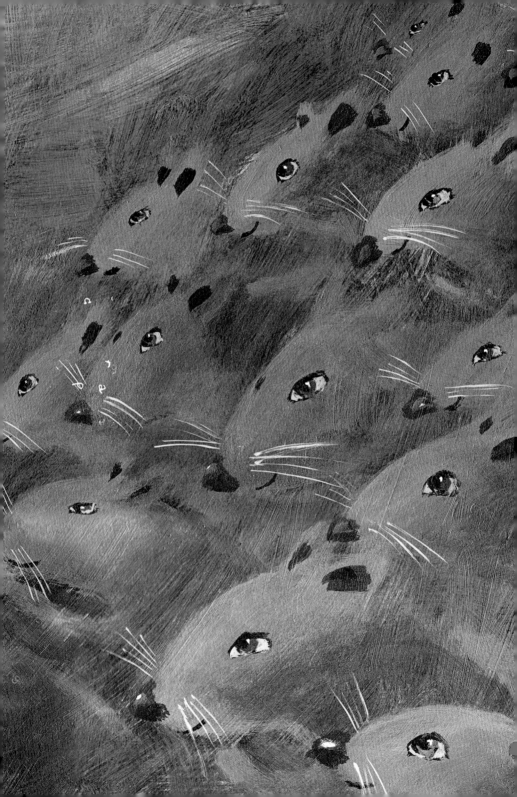

"2단계 문제입니다.
〈잠자는 숲 속의 공주〉에게 저주를
내린 요정은 누구일까요?"
엄마 아빠는 정답을 몰라 서로 멀뚱거렸어요.
이번에도 오라시오가 가장 빨리 버튼을 눌렀어요.
"늙은 요정!"
오라시오가 대답했어요.
"네, 정답입니다!"
"오라시오, 잘한다!"
이웃들이 환호했어요.

단계가 높아질수록 문제는 어려워졌어요. 참가자 세 명이 잇따라 탈락했고요. 이제는 사라와 오라시오만 남았어요.

"늑대는 어떤 말을 듣고서 빨간 모자네 할머니 집에 들어갈 수 있었을까요?"

오라시오네 거실도, 무대도 모두 숨을 죽였어요.

"문고리를 잡아당기렴. 문은 열려 있어."

오라시오가 대답했어요.

"정답!"

진행자가 외쳤어요.

"우아!"

이웃들이 환호성을 질렀어요.

"신사 숙녀 여러분, 오라시오 군이 최종 단계에 진출했습니다. 과연 오늘의 우승자가 될 수 있을까요? 잠시 후면 알게 되겠지요!"

"오오라아시오! 오오라아시오!"

방청객들이 오라시오의 이름을 계속 외쳤어요.

"우승! 우승!"

이웃들도 한목소리로 응원했어요.

"쉬이이잇! 들어 봐요. 마지막 문제예요!"

아빠가 손짓으로 함성을 말리며 말했어요.

진행자가 오라시오의 눈을 똑바로 쳐다보며
말했어요.

"자, 집중하십시오. 서두르지 마세요. 주어진 시간
안에만 대답하면 됩니다. 오라시오 군…… 마지막
문제입니다. 〈해리 포터〉에서 론의 쥐 이름은
무엇일까요?"

똑딱, 똑딱, 똑딱……. 시계 소리가 났어요.

오라시오는 시간이 다 흐를 때까지 기다리지
않았어요.

"스캐버스."

오라시오가 시원스레 대답했어요.

"네, 정답입니다,
오늘의 우승자가
나왔습니다!"

곧장 무대와 거실에서 환호성이 터져 나왔어요.

이웃들은 벌떡 일어나 소리 지르고, 오라시오의
부모님을 얼싸안으며, 자랑스러운 아들을 뒀다고
부러워했어요. 모두들 오라시오의 실력에 깜짝
놀랐어요.

"자, 오라시오를 위해 건배합시다!"

아빠가 기뻐서 외쳤어요.

눈물범벅이 된 엄마는 자신이 웃는 건지
우는 건지 알 수 없었어요.

이튿날, 모두가 기다리는 가운데 트럭이
도착했어요. 종이 상자가 50개는 되어 보였어요.
오라시오는 큼지막한 책장과 1,000권의 책을 우승
선물로 받았거든요!

그날 밤, 오라시오는 새 책장에 책을 가지런히 꽂았어요.

'내 생애 최고의 날이야!'

오라시오는 이렇게 생각하며 침대에 누우려다가 책장의 빈칸을 보았어요. 책 한 권이 없어졌어요!

오라시오는 발딱 일어나 거실로 나갔어요. 텔레비전은 꺼져 있고 거실은 캄캄했어요. 엄마 아빠는 어디에 있는 걸까요?

오라시오는 안방으로 다가가서 빼꼼 열린 문틈을 들여다보았어요. 엄마 아빠는 침대에 꼭 붙어 앉아서 한 권의 책을 같이 읽고 있었어요!

오라시오는 까치발로 살금살금 뒷걸음질 쳤어요.

'분명히 엄마 아빠는 날 보지도, 어떤 소리도 듣지 못했을 거야! 책에 푹 빠져서 눈도, 귀도 멀었을 테니까!'

오라시오는 침대에 몸을 던지며 까르르 웃음을 터뜨렸어요.

옮긴이의 말

독일 화가 카를 슈피츠베크의 명화 〈책벌레〉(1850년)를
보면, 머리가 하얗게 센 노인이 천장까지 책이 가득 차
있는 책장에 사다리를 타고 올라가 양손에 책을 한 권씩
들고, 그것도 모자라 겨드랑이와 무릎 사이에도 책을 끼고
서 있어요. 돋보기를 쓰는 것도 잊은 채 눈을 책에 바싹
갖다 대고 읽고 있지요.

이렇게 책에 푹 빠진 사람을 우리말이나 영어,
독일어로는 '책벌레(bookworm, bücherwurm)'라고
해요. 그런데 프랑스 어로는 '벌레' 대신 '쥐'에 빗대어
'도서관의 쥐(rat de bibliothèque)'라고 하지요. 그래서
이 책의 주인공이 쥐예요.

세상에서 책이 제일 좋은 쥐, 오라시오는 언제

어디에서나 책을 읽어요. 하지만 오라시오의 부모님은
책을 읽는 것이 시간 낭비이고 게으른 짓이라고 여기지요.
심지어 눈도 멀고 귀도 멀 거라고 걱정하며,
오라시오에게서 책을 모조리 빼앗아 버려요. 책 좀 그만
읽으라면서요. 그래도 호기심 많고 책 읽기에 목마른
오라시오는 흔들리지 않고 남몰래 계획을 세우지요. 결국
텔레비전을 즐겨 보는 부모님에게 책 읽는 즐거움을
전하며 이야기는 끝나요.

  글자가 두둥실 떠다니는 재미난 그림과 함께 부모와
자식의 역할이 뒤바뀐 이야기가 참 익살스러워요. 책을
읽지 말라는 부모와 책을 읽으려는 아이라니! 부모가
자식에게 모범이 돼야 하지만, 때로는 자식이 부모에게
모범이 될 수도 있다는 것을 보여 주지요. 물론 책은 계속
읽어야 한다는 메시지도 함께요!

이정주

b   c   ə   e   ə   ʇ
  ɔ   ɔ   e   ɐ
      ˙   ɹ
s   d   ƃ   s   ɯ
    o   ɯ   !
  ɯ   ɹ
  u   e
        s
        ɹ
  ʌ   ʇ
      ɐ
  u
      ɹ   e
  ə   ɔ